Indianerweisheiten und Traumgeschichten

von Dreamingstar Eagle

KRONE

Die Deutsche Bibliothek-CIP-Einheitsaufnahme
Indianerweisheiten und Traumgeschichten

1 . Auflage 2012

Telefon: 02306 / 75683-10, Telefax: 02306 / 75683-15
E-Mail: info@krone-verlag.de
www.krone-verlag.de

Herausgeber: Dieter Krone, Lünen / Westf.
Idee & Texte: Dreamingstar Eagle
Bilder: Dreamingstar Eagle
Satz und Layout: LightWerk, Hille

ISBN 978-3-940486-91-2

Indianerweisheiten und Traumgeschichten

von Dreamingstar Eagle

KRONE

Könnte doch mein Herz mit ihm fliegen …

Mein Mann nahm mich auf den Gipfel des Berges mit,
um dem Großen Geist zu danken.

Die Sonne ging unter und ich empfand ein Gefühl
der Ergebenheit gegenüber unserem Schöpfer.

Als sich meine Augen zum Himmel richteten,
sah ich die graziöse Schönheit eines Adlers
im freien Flug.

Oh … könnte doch mein Herz mit ihm fliegen!

Plötzlich löste sich eine einzelne Feder aus seinem Gefieder
und sank in unmittelbarer Nähe zu mir auf den Boden.

Ich empfand tiefe Dankbarkeit
gegenüber dem Großen Geist,
der mir in dem Augenblick gab,
was ich fühlte und brauchte.

Als ich aufblickte, saß der Adler auf einem
Felsvorsprung und schaute mich an.

In seinen Augen sah ich die Antwort!

Komm mit mir!

Er breitete seine Flügel aus und flog in die Freiheit …

Die Ahnen

Bei Sonnenschein möchte ich im Grand Canyon sein
oder in South Dakota, das Land meiner Ahnen,
woher einst meine Vorfahren kamen.

Als Dreamingstar Eagle wurde ich wiedergeboren!

Mit indianischen Tänzen bringe ich den Menschen Glück.
In Gedanken bin ich oft in der alten Zeit.
In der Steppe im Grasland als Krieger nie allein.
Tausende Büffel um mich!

Jagen war mein Leben, um meinem Volk Nahrung zu geben,
um es zu verteidigen und um es zu schützen.
Doch plötzlich war es still um mich herum.

Auf meinem Pferd hörte ich für einen Augenblick
die Stimme des Windes.

Ein leises Pfeifen in der Luft und schon passierte es:
Ein Pfeil durchbohrte mich.

Mein Blick wurde unklar und ich fiel
von meinem Pferd.

Der letzte Augenblick in meinem geistigen Leben,
als Krieger, der ich war!

Wollte noch einmal mein Gesicht sehen.

Mit letzter Kraft zog ich mich an die kleine Wasserstelle,
aber mein Spiegelbild konnte ich nicht mehr sehen.

Ich stehe auf dem Gipfel des Berges

Trommelklang ertönt in einer alten Zeitgeschichte.
Über die Steppe, vom Winde getragen, geht ein Schrei.
Er soll in der Ferne jemandem etwas sagen.
Ich stehe auf dem Gipfel des Berges, mit dem Sweetgrass* in der Hand.
Zum Beten die Hände gehoben, das Räucherwerk angezündet.
Oh Großer Geist! Meine Sehnsucht zu ihm ist groß! Tag aus, Tag ein …
Bald wirst du bei mir sein.
Sehnsucht nach dir, der du mir so nah und doch so fern.

Dreamingstar Eagle steht dort,
um ihrer großen Liebe in der Ferne etwas zu sagen.
Sie weiß, Unerreichtes ist ein schweres Los,
es tut weh und der Kummer ist groß.
Sie fertigte sich ein Kleid aus weißem Leder mit Perlen,
Muscheln, Knochen und Zeder.

Zwei Jahre arbeitete sie schon vor,
um am „Großen Tag" ihrem Manne zu gefallen.
Endlich dann mein Herz nicht mehr leidet.
Denn auch ein anderer will mich ehren …

Im Gebet fleht sie den Großen Geist an, bitte, zeige mir den Weg,
den ich gehen muss und welcher der Richtige ist.
Wer gewinnt den Kampf mit der Lanze?

Doch der Große Geist sagt, dein Herz soll entscheiden.
Traurig sind viele und werden sehr leiden.
Doch einer von beiden, kommt von weit her.
Ein großer Krieger stolz und ohne Angst gegen Feinde,
den liebt sie doch so sehr.

* Sweetgrass = Kräuter und Gräser

Ich stehe auf dem Gipfel des Berges

Dreamingstar Eagle sieht in die Ferne,
betet und befragt am Himmel Millionen von Sterne.
Der Große Geist antwortet ihr.
Den, den du liebst, wird niemals der deine,
denn er verweilt nicht mehr auf dieser Welt.

Im Kampfe das Recht deine Liebe zu gewinnen,
gegen einen anderen er verlor.
Sein Weg ging in die ewigen Jagdgründe …

Doch er liebt sie in der Ewigkeit und wartet auf sie,
um sie für immer in die Arme zu schließen …

Frei wie der Wolf

Er streift durch die Nacht, der einsame Wolf.
Er weiß, er ist nicht mehr weit von seinem Land
und seinem Rudel entfernt.

Der Mond leuchtet ihm den Weg.
Ein leises Heulen in der Ferne.
Er ist bald in dem Land seiner Vorfahren.

Seine Seele folgt dem Ruf der Wildnis.

Mit scharfem Blick sieht er sein Revier.
Er hebt seinen Kopf und kündigt sich mit leisem Heulen an,
um sein Rudel fühlen zu lassen,
dass er bald dort ist.

Und schon steht die Wölfin ihm gegenüber,
ihr Blick bedeutet für ihn Treue.

Besiegt ist jetzt seine Einsamkeit,
für ihn beginnt die neue Zeit.

Nicht mehr allein zu sein
und neues Leben zu schenken!

Der Wolf darf nicht sterben!

Denn wenn er stirbt, sterben auch unsere Träume!

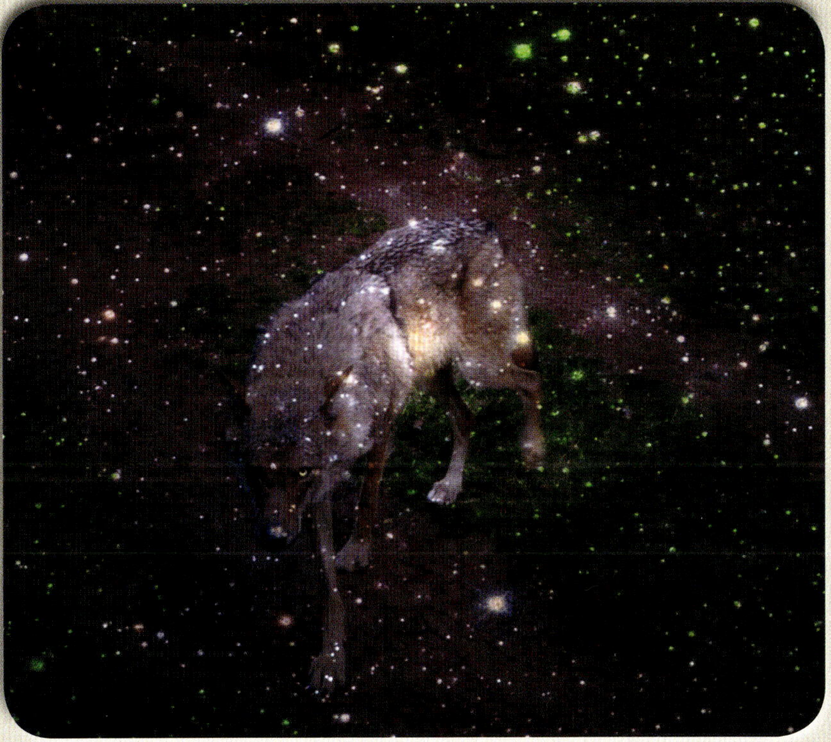

TRAUMGESCHICHTE

Tretet ein in den Kreis der Leben bedeutet

Ich lege euch eine warme Decke unserer Vorfahren um,
sie umhüllt ganz sanft eure Schultern.

Bitte schließt die Augen, lasst euch fallen! Wir reisen in eine alte Zeit! Stellt es euch vor, atmet ruhig ganz sanft ein und aus. Wir liegen auf einer wunderschönen Wiese mit Wildblumen, es riecht nach Sweetgrass*, Kräutern und Pflanzen. Schmetterlinge fliegen an uns vorbei! Die Decke ist sehr weich und warm wie Watte und knistert, wenn wir uns sanft damit zudecken. Sie wird euch begleiten und beschützen.

Wir schlafen ein und sehen einen Wasserfall. Wir fallen hinunter, nicht schnell, denn die Decke fängt uns auf. Sanft werden wir hinunter geleitet. Das Rauschen und Plätschern des Wassers begleitet uns. Plötzlich stehen wir vor einem Höhlendurchgang. Dort geht es in eine andere Zeit. Habt keine Angst! Atmet ganz tief durch und geht Schritt für Schritt, durch diesen Eingang hindurch.

Wir sind auf der anderen Seite! Man sieht den blauen Himmel am Ausgang dieses Tunnels. In einem wunderschönen Licht erstreckt sich vor euch eine Landschaft von paradiesischer Schönheit! Hohe Berge, an der Spitze von Schnee bedeckt. Ein Tal mit grünen Wäldern wohin man sieht, bis zum Horizont. Wenn ihr hinunter guckt, seht ihr einen kleinen Fluss, der sich durch das Tal schlängelt. Die Sonne geht langsam unter. In einem rötlichen Strahl zeigt sich die Landschaft. Haltet diesen Augenblick in euren Gedanken und im Herzen fest!

* Sweetgrass = Kräuter und Gräser

Wir trauen uns jetzt weiterzugehen, ganz langsam mit nackten Füßen über einen Moosboden. Er ist so weich und warm unter den Füßen, dass ihr bei jedem Auftreten das Gefühl habt, er gäbe langsam nach. Es ist ein feucht-warmes Gefühl, was ihr unter euch spürt! Atmet wieder ganz langsam ein und aus! Wir können den Geruch wahrnehmen. Es duftet alles nach frischer Erde, Kiefern und Moos. Wir gehen Schritt für Schritt weiter einen kleinen Pfad entlang, der uns immer tiefer in das magische Tal führt. Wir nähern uns jetzt langsam dem Fluss.

Man hört das Rauschen und Plätschern des Baches. Die Vögel singen ihr Lied für uns. Die Sonnenstrahlen brechen durch die Bäume hindurch; es ist faszinierend! Wir stehen plötzlich in einer Lichtung, die in helles Sonnenlicht getaucht ist. Plötzlich der Schrei eines Adlers! Unsere Augen sehen die wilde Schönheit des Adlers, in seinem freien Flug und unser Herz fliegt mit. Wir müssen das Geheimnis annehmen, um den Mittelpunkt für unsere Seelen zu finden. Wir stehen noch eine Weile dort und riechen die Luft! Atmen ganz tief ein und aus! Wir sind ganz ruhig und ausgeglichen, ein angenehmes Gefühl strömt durch unseren Körper.

Wir entspannen uns von unserem Alltag, der für viele Menschen anstrengend ist. In weiter Ferne hören wir sanfte Trommelschläge, die mit jedem Schritt vorwärts immer lauter werden. Hufschläge von Pferden sind zu hören. Wir kommen auf eine zweite Lichtung. Es duftet nach frischen Kräutern, Rauch eines Feuers, Leder, Zedern und Sweetgrass*. Ein recht angenehmer Duft! Wir stehen am Rande unseres Dorfes. Große Tipis in einem Kreis aufgestellt, die die Gemeinschaft unseres Volkes symbolisieren. Die Tipis sind wunderschön bemalt. Pferde, die am Rande des Flusses stehen. Ein Lagerfeuer im Mittelpunkt des Dorfes. Große Lederhäute aufgehängt auf einem Holzgestell aus Ästen.

Büffelfelle liegen am Boden in der Sonne. Ein reges Treiben von Kindern, die mit kleinen Zweigen und Ästen einen Bogen und Pfeile basteln oder einfach nur spielen. Meine Schwestern sitzen auf dem Boden und gerben Felle. Wir laufen ganz langsam in das Dorf und bleiben vor einem Tipi stehen. Ein großer Büffel ist auf diesem Tipi gemalt. Es ist das eines Medizinmannes! Die Klappe geht auf und er bittet uns hinein.

* Sweetgrass = Kräuter und Gräser

Er hat eine gebräunte Haut und ein makelloses, mit einigen tiefen Falten bedecktes Gesicht. Seine Augen sind schwarz wie die Nacht, umrahmt von schwarzem langem Haar. Die Feuerstelle im Dorf lässt in der Dunkelheit das Ganze in einem rötlichen und warmen Licht erstrahlen.

Spürt ihr die Wärme des Feuers und hört ihr das Knistern? Ihr werdet aufgefordert, euch zu setzen. In einer fremden Sprache fängt der Mann an, ein Gebet zu sprechen! Er hat eine kleine Trommel in der Hand und schlägt sie ganz leise. Er singt ein Lied für uns. Plötzlich fallen wir in einen tiefen Schlaf!

Wir bekommen eine Vision: Wir befinden uns wieder in unserer warmen Decke und auf der gleichen wunderschönen Wiese, die uns wieder in unsere Zeit zurückführt. Wir wachen auf und Ihr fühlt euch angenehm entspannt! Euer körperlicher und seelischer Frieden ist in euch. Den ganzen Tag werdet ihr Glück empfinden! Ihr begegnet Menschen mit einem Lächeln im Gesicht.

Dies ist nur der winzige Augenblick der Geschichte unserer Vorfahren, der jetzt durch den Wind verweht ist.

Die grünen Flüsse

Die geheimnisvolle Kraft der grünen Flüsse liegt darin,
dass die Bäume, die sich über den Fluss beugen,
ein Spiegelbild der Seele sind!

Der Große Geist hat sie gesegnet …

Die großen Bäume leben noch nach uns weiter,
sie brauchen uns nicht, aber unser Gift nimmt ihnen den Atem
und die Menschen tun alles, um dieses noch zu beschleunigen.

Ich bin gerne hier an unserem grünen Fluss,
hier ist der Platz an dem ich mich wohl fühle,
wenn mich die Natur umarmt.

Wenn ich dort sitze,
beobachte ich oft auch die kleinen Tiere,
wie Ameisen und Grashüpfer.
Ich würde mich glücklich schätzen, ihre Gedanken zu kennen.

Auch die Fische im Fluss wollen sauberes Wasser,
um ihren Nachkommen Leben zu schenken.

Bereichere deine Seele,
denn ohne die grünen Flüsse können wir nicht leben …

Der Baum des Lebens

Ich sehe seine Wurzeln im Boden verwachsen.
Die Kraft geschöpft aus dem Lebenssaft der Mutter Erde.

Die Energie fließt für die Menschen dieser Erde,
sie gibt unserem Volk jeden Tag die Kraft zum Überleben.

Der Stamm des Baumes symbolisiert
die Größe unseres Volkes
und gibt ihm Kraft zu überleben.

Das frische Grün des Baumwipfels
zeigt das Leben.

Die Pflanzen und Bäume der Mutter Erde
werden uns überleben.

Noch lange nach der Zeit der Menschen …

Die Feder

Dort oben fliegt der Adler, der König der Lüfte,
so graziös und frei.
Er dreht große Kreise
und beobachtet das Leben von oben.
Das ist die Aufgabe seines Lebens.
Er ist der heiligste Vogel
und ist dem Großen Geist am nächsten.

Meine Adler-Feder behandele ich mit Respekt.
Ich halte sie beim Beten in der Hand,
eine Schale mit White Sage*.
Fühle mich nach dem Gebet sehr gestärkt.
Mit neuer Energie,
erlebe ich den neuen Tag.

* White Sage = Weißer Salbei

Die Feder

Energie

Immer wenn ich auf die Bühne gegangen bin
und den Fancy Shawl* tanzte, trug mich dieser Tanz
in meinem Empfinden an einen anderen Ort.
Ich fühlte mich so, als wäre ich in der Mitte einer riesengroßen Trommel,
die sich in eine Schildkröte verwandelt.
Sie symbolisiert die Mutter Erde.
Ich höre ihren Herzschlag, der sich in meinem ganzen Körper verteilt,
so dass ich meine, über dem Boden zu schweben.

Die Menschen, die mir zusahen, waren fasziniert.
Nach einigen Minuten fühlte ich eine unvergleichliche Energie,
die durch meinen Kopf ins Innere meines Körpers floss.
Mit dem letzten Herzschlag der Trommel beende ich meinen Tanz.

Plötzlich war ich wieder auf dieser Bühne
und sah in die Gesichter der Menschen: Sie waren wie hypnotisiert.
Ich habe das Gefühl, diese Energie,
die ich vom Großen Geist geschenkt bekomme, weiterzugeben.

Sehr oft gehe ich auf einzelne Menschen zu,
nehme sie an die Hand und sie spüren die Kraft,
die nun durch ihren Körper fließt.

Sie sagen mir oft, dass sie fühlen!

Meine innere Kriegerin spürt oft, dass es den Menschen hilft
und so führe ich es fort …

* Fancy Shawl = Schmetterlings-Tanz

Meine Großmutter erzählte mir oft
die Legende von der Blume des Lebens.
Ich höre noch heute was ihre Stimme sagt:
Dreamingstar Eagle höre auf mich, finde sie
und du wirst wissen, wohin dein Weg dich führt.
Sie wird dich stärken für dein ganzes Leben!
Noch lange nach ihrem Tod, höre ich heute
ihre Stimme, die sagt:

Eines Tages findest du sie!

An jenem Tag lief ich zum Fluss hinunter,
die Sonne senkte sich am Ende des Tages,
die Luft war warm und ein sanfter Wind berührte mich.
Ich beobachtete den Flusslauf.
In der Sonne glänzte er wie ein Spiegel,
in dem ich mich sehen konnte.
In dem Glanz war ein leuchtendes Rot,
es kam von der anderen Seite des Flusses.

Ich hatte das Gefühl hinein zu springen,
um zu sehen, was auf der anderen Seite zu entdecken war.
Dann tauchte ich in den Fluss hinab,
er kühlte mich mit seinem wilden Strom,
es war berauschend.
Als ich auf der anderen Seite des Flusses wieder auftauchte,
wurde das Leuchten stärker.

Ich schob das Gras an die Seite
und ich sah sie:
Die Blume des Lebens!
In ihrem leuchtenden Rot strahlte sie so viel Energie
und Kraft aus, wie keine andere.

Und wieder höre ich die Stimme meiner
Großmutter, die mir sagt:
Du brauchst sie nur berühren.

Ich tat es und fühlte mich von diesem Augenblick an
mit einer anderen Seele verbunden, die mir zeigte,
wie wichtig das Leben ist, es jeden Tag neu zu leben …

Die Stille der Träume

In meiner Seele sehe ich die Träume,
wie sie sich in mir in aller Stille
und in vollkommener Harmonie zeigen.

Natürlich gibt es auch Träume, die sich negativ entwickeln können.
Sie gehören genauso dazu wie die, die sich positiv zeigen.

Träume sind die Fenster meiner Seele,
die mein Inneres nach außen kehren.

Ich sehe in ihnen, was ich in Wirklichkeit nie erfassen kann.
Sie zeigen mir den Eingang in andere Welten,
die schöner und geheimnisvoller sind.
In ihnen liegt die Kraft, Heilung und Energie,
die mich im tiefsten Grund meiner Seele berühren.

Seelenträume auf dem Wege meine Ziele zu erfassen …

Die Kriegerin in mir folgt dem Ruf der Träume,
die sich verwandeln in wahre Liebe …

Sie zeigen dem Menschen was wirklich zählt:
Ehrfurcht, Respekt, Weisheit.

Der Medizinbeutel

Ich sitze hier und nähe mir einen Medizinbeutel.
Wie gut das Leder riecht,
mit jedem Nadelstich freue ich mich darüber,
ihn zu tragen, wenn er fertig ist.

Er wird mich begleiten, jeden Tag.
Er soll mir Glück, Schutz und Segen geben.

Nach einiger Zeit nehme ich meine kleinsten Perlen zur Hand,
in den Farben des Regenbogens sticke ich das Symbol unseres Stammes,
mit dem ich mich verbunden fühle.

Der Adler fliegt über den Regenbogen.
In der Mitte des Regenbogens:
Der Stern der mich begleitet.
Ich fühle mich mit ihm wohl und sicher.

Bei Dunkelheit werde ich meinen Weg mit ihm gehen,
wenn die Sterne über mir leuchten
und bei Helligkeit, wenn Großvaters Sonne aufgegangen ist,
um mir den Weg zu zeigen, den ich gehen muss.

Denn ohne ihn hätte ich nicht so viel Kraft und Energie,
den Weg zu finden …

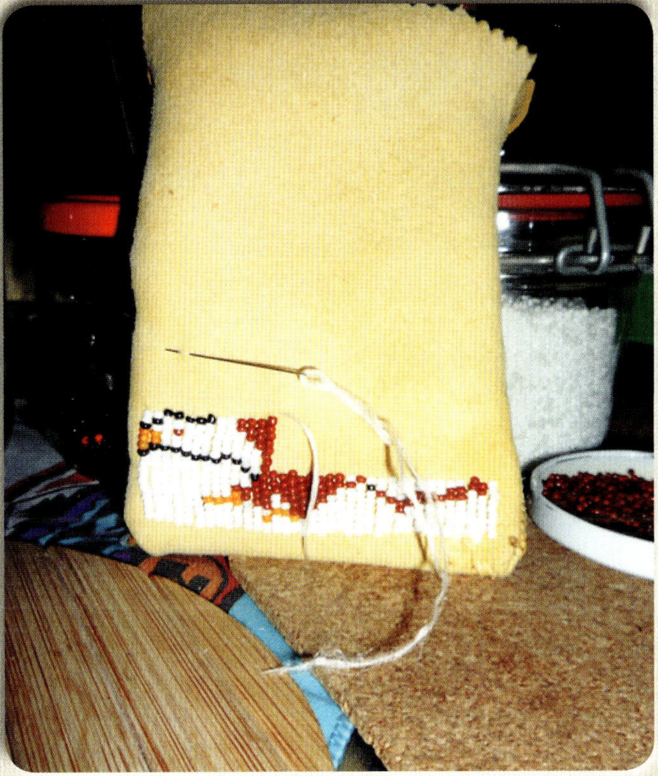

Ich sah meine Freundin ein erstes Mal in Deutschland und werde ihren Namen „Wonzie" niemals vergessen! Sie war so schön! Ich bewunderte damals ihre blauschwarzen langen Haare. Sie glänzten bei jedem Schritt, den sie machte. Sie wurde von vielen Frauen bewundert, denn sie hatte das Herz am richtigen Fleck und zeigte uns ihre Tanzrichtungen mit viel Liebe und Freude. Die Liebe, die sie zu ihrem Mann Rusty zeigte, verteilte sie mit ihrem Charme auf uns. Aber ich sah noch mehr in ihr: Es war ihre Seele und ihr Herz. Von dem Tag an, an dem ich sie das erste Mal sah, war sie für mich wie eine Schwester.

Der letzte Tag unseres Seminars war ein trauriger Tag. Wir sollten uns alle in einem großen Kreis aufstellen, um uns von Wonzie und Rusty zu verabschieden. Ich war fast die Letzte, auf die Wonzie zuging. Sie blieb stehen. Als sich unsere Augen trafen, hatte ich das Gefühl mit ihr zu einer Seele zu verschmelzen. Aus diesem Augenblick wurde eine Ewigkeit. Wir sahen einander an und hatten das Gefühl, uns schon aus einem anderen Leben zu kennen. Plötzlich lagen wir uns in den Armen und wollten uns eigentlich nicht mehr loslassen.

Als sie nach dem Seminar in die USA zurück ging, hatte ich das Gefühl, selbst wenn wir uns lange nicht mehr gesehen hatten, eine Verbindung zu ihrer Seele zu haben. Ich fühlte sogar, wenn es ihr schlecht ging.

Ein Jahr später stand ich am Rande unseres Pow Wows* und genoss die Abendluft, es war still. Da war es, ich spürte sie schon hinter mir, sie war viel-

* Pow Wow = Traditionelles Indianisches Tanz-Festival

leicht noch zehn Schritte von mir entfernt und ich wusste, sie war ganz nah bei mir. Ich traute mich gar nicht mich umzudrehen, da stand sie: Wonzie!

Wir hatten uns fast ein Jahr nicht mehr gesehen, ich weinte vor Freude. Als ich mich umdrehte, sah ich die Tränen auch in ihrem Gesicht. So war es damals …

Ich weiß, wir werden uns immer wieder sehen: Das ist das Licht des Herzens, das für unsere beiden Seelen geschaffen ist und in uns weiter lebt …

Denkt an die Biber

Der Spaziergang an einem Fluss
bei Sonnenaufgang:
Der Fluss, früh im Januar besucht durch Enten,
Wildgänse und andere Vögel.

Sehr leise legte ich mich ins Gras, damit ich alles beobachten konnte.
Auf der anderen Seite des Flusses war ein Haus,
dessen Bewohner ihre Hühner frei herum laufen ließen.
Auf der Wiese ein Trog Futter,
mit allen möglichen Leckereien.

Plötzlich löste sich ein braunes kleines Wesen vom Rand des Flusses,
an dem man kleine Höhlen unter Vorsprüngen sehen konnte.
Dieses kleine braune Tier lief hinauf zum Grundstück.
Jetzt sah ich, was es war:
Ein Biber!

Er stolzierte zwischen den Hausgänsen, durch das Gatter der Hühner
und ging schnurstracks auf den Futtertrog zu.
Er nahm sich genüsslich ein Stück des leckeren Futters
und wanderte wieder zurück zum Fluss, um es in seine Höhle zu bringen.

Auch ein zweiter Biber kam.
Es sah so aus, als wenn beide im Wechsel das Futter organisierten.
Es war sehr lustig ihnen zuzuschauen. Nach einiger Zeit war es für die
Beiden selbstverständlich, den Trog zu leeren.

Ich glaube, die Biber waren glücklich,
aber die Hausgänse und Hühner nicht.
Auch ich war glücklich!
Denn so etwas bekommt man nicht jeden Tag zu sehen.

Ich schaute mir das Spielchen fast eine Stunde an,
bis ich mir sagte: *Auch die Biber wollen leben!*
Und ich ging …

Denkt daran, allen Tieren Schutz zu bieten,
auf dass sie in ihren natürlichen Lebensräumen
noch sehr lange ein Leben in Frieden führen können …

Die Kinder im Volk meiner Großmutter lernten schon sehr früh sich in der Natur zurecht zu finden, um überleben zu können. Sie wuchsen in den Familien wohlbehütet auf. Lernten das, was wirklich wichtig war: Respekt, Weisheit und Ehrfurcht vor allen Dingen, die Mutter Erde erschaffen hatte.

Dann kam noch die Prüfung des Erwachsenwerdens dazu. Es war nicht leicht, aber nachdem alles vorüber war, saßen die jungen Mädchen in den Reihen der Frauen, die im Lager das Sagen hatten. Auch ich vermochte als junge Frau dieser Prüfung stand zu halten.

Ich musste als Mädchen die Zeit meines Erwachsenwerdens und meine Fertigkeiten im Haushalt der Mutter unter Beweis stellen. Ich war ganz aufgeregt als ich die Blaubeeren im Wald am Vorabend meiner Prüfung sammelte, um diese als Zutat in das Frybread zu verbacken.

Frybread ist ein flacher Teig in Öl gebraten.

Der Teig wird manchmal durchdrungen von Hefe.
Frybread kann allein oder mit verschiedenen Zutaten wie Honig, Blaubeeren oder Himbeeren gegessen werden.

Ob ich das Ganze so umsetzen konnte, wie es mein Stamm erfordert, das sei gefragt! Die Stammesältesten waren harte Prüfer. Auch das weiche Hirschlederkleid war für mich eine Herausforderung. Die Stickerei mit den kleinen Glasperlen, die so klein wie Sandkörner in den Händen lagen, war eine Kunst. Es war ein sehr schwieriges Muster nach Vorgabe zu sticken.

Nach einiger Zeit fingen meine feinen Mädchenhände an zu bluten. Aber ich gab mein Bestes, um die Prüfung zu bestehen. Nach dieser Aufgabe wurde das junge Mädchen zur Frau ernannt und bekam ihren zukünftigen Namen.

Großmutter, wie kann ich es schaffen, diese Prüfung zu bestehen?

„Mein Kind, du musst dich auf deine Seelen-Stärke verlassen! Denn nur so kannst du als zukünftige hochangesehene Frau des Stammes in der Gemeinschaft leben …"

Das Amulett des Pumas

Jeder neue Tag bringt Kraft und Heilung mit sich.
Die Kriegerin in mir verbindet sich mit ihrem inneren Krafttier, dem Puma.

Er gibt ihrer Seele, jeden neuen Tag auf lautlosen Füßen, die Kraft,
sich ihren Feinden zu nähern, ohne dass sie bemerkt wird.

Ihr Geruchsinn zeigt ihr den Weg, an ihren Feinden vorbei zu kommen.

Der Puma gibt mir seine heilenden Kräfte
und umhüllt mich mit seiner schützenden Kraft.

Ich trage ein Amulett des Pumas:
Es zeigt mir den Weg, den ich jeden Tag gehen muss …

Die Fährte im Sand

Unterwegs mit meinem Pferd um zu jagen –
weit war der Weg um einen Wapiti Hirsch zu finden.
Meine Familie wartete sehnsüchtig auf das Fleisch,
denn wir hatten uns seit Wochen
nur von Beeren, Kräutern und Trockenfleisch ernährt.

Plötzlich sah ich eine Spur im Sande vor mir,
es war die eines Wapiti Hirsches.
An der Größe der Hufe sah ich, wie alt er war –
ungefähr zwölf Jahre alt.
Nicht weit von den Spuren, die ich fand,
stand er plötzlich vor mir, keine zehn Schritte entfernt.

Er sah so stolz aus in seinem Wesen.
Ich versteckte mich im Unterholz, neben einem Zedernbaum,
spannte meinen Bogen und schoss.
Der Hirsch sank getroffen zu Boden.
Ich beugte mich zu ihm, nahm meinen Tabakbeutel und betete dafür,
dass er meine Familie für einen langen Winter ernähre
und streute Tabak in alle vier Himmelsrichtungen.

Ich dankte dem Großen Geist dafür,
dass er mir und meiner Familie diesen Hirsch geschickt hatte,
denn nur so konnten wir überleben …

Die Rückkehr der Krieger

Wo sind sie? Kehren sie wieder?

Sie ritten durch die Prärie, sie waren unsere Stärke
und trotzten unseren Feinden.
Mit unbändigem Stolz bewahrten sie uns
vor Angriffen.

Es war ihnen wichtig, dass wir überleben.
Die Feinde hätten im Kampfe verloren,
wenn sie sich ihnen entgegengestellt hätten.
Mit ihrem Mut, ihrer Kraft und Stärke
bildeten sie einen Schutz um unser Lager herum.

Todesmutig verteidigten sie unser Volk.

Für jeden besiegten Gegner erhielten sie eine Adlerfeder.

Sie zu bekommen ist eine große Ehre.
Die Adlerfeder ist heilig und bedeutet für uns,
dass der Adler am höchsten fliegt
und dem großen Wakantanka* am nächsten ist.
Sie beschützt den Träger vor negativen Einflüssen
und macht ihn stark und stolz.

* Wakantanka = Großer Geist

Denn nur als Krieger,
kann er fühlen wie tapfer er den Kampf
um Freiheit und Identität
jetzt und immerdar unverwundbar meistert …

Ich vermisse dich Großmutter

Meine Seele sehnt sich in das Land der Ahnen!
Tief in mir ist der Drang dorthin zu gehen,
wo meine Wurzeln sind!

Es einmal zu sehen, dieses Land …

Manchmal träume ich davon,
das hohe Gras der Prärie zu berühren
und es an den Fingerspitzen zu fühlen …

Mein Gesicht der Sonne entgegen zu strecken.
Die Wärme zu spüren, wenn der Wind mich umhüllt …

Die Augen zu schließen
und das Lied der Ahnen zu hören …

Der Wunsch meiner Großmutter:
„Gehe auf den heiligen Berg …
Ich werde dort sein"

Ich glaube fest daran,
dass ich sie dort oben spure …

Meine Seele weiß es …

Der Perlenschein

Sie liegen in vielen Farben vor mir,
meine Perlen.

Ich sitze und sticke auf dem Boden des Lagers
und blicke über unser Dorf.
Die Sonne geht langsam unter.
Das Feuer in der Mitte des Lagers erhellt
die kommende Dunkelheit.

Der Fluss hinter dem Dorf färbt sich durch die Sonne rötlich
und meine Augen erfassen ein Glitzern.
Der Duft, der mir entgegen strömt,
riecht leicht süßlich nach Zedernholz, Sweetgrass* und Blumen.

Ich liebe diesen Abend.
Ich sehe auf meine Perlen,
sie haben einen leuchtenden Schein.

In so einem Augenblick wird das Licht des Tages zur Ewigkeit …

* Sweetgrass = Kräuter und Gräser

Die Kriegerin in mir wanderte der aufgehenden Sonne entgegen. So früh am Morgen hatte sie schon eine Kraft, die ich stark verspürte. Ich suchte mir einen Platz für mein Morgengebet und fand ihn auf einem kleinen Hügel.

Nach dem Gebet sah ich weit am Horizont eine Mustang-Herde. Der Leithengst war ein stolzer weißer Schimmel mit einer unendlich langen Mähne. Ich setzte mich auf den Vorsprung eines Felsens und beobachtete ihn. Wie schön er war! Lange beobachtete ich die Herde bis ich einschlief. Plötzlich wurde ich von einem schnaufenden Geräusch geweckt.

Ich machte langsam die Augen wieder auf. Am Boden sah ich einen Schatten und ich wusste, er ist es, der Schimmel! Er stand plötzlich vor mir und ich konnte mich nicht bewegen, alles war in mir erstarrt vor Respekt und Ehrfurcht. Ich sah in seine Augen, sie waren hellblau, er kam ganz nah auf mich zu und roch an meinem Haar. Ganz langsam hob ich meine Hand und streckte sie ihm entgegen. Er kam noch näher, ich berührte ihn. Er schreckte nicht vor mir zurück.

Von diesem Augenblick an, kam ich jeden Tag hierher. So langsam gewöhnte sich Rainbow an mich, das ist der Name, den ich ihm gab. Nach einiger Zeit ging ich langsam auf ihn zu, es war einer dieser Tage, an denen ich fühlte: „Jetzt musst du es tun!". Ich zog meine Kleidung aus und ließ Rainbow daran schnuppern. Er wusste jetzt, wer ich war

Langsam legte ich meine Hand um seinen Hals und mit einem Sprung war ich auf seinem Rücken. Am Anfang sträubte er sich ein wenig, aber dann ritt ich mit ihm durch die Prärie. Endlich wusste ich, wie tief ich dieses Gefühl von unendlicher Freiheit in mir verspürte und ich wurde Eins mit ihm.

Die Sonne schien, es hatte geregnet und am Horizont bildete sich ein Regenbogen. In der Mitte sah ich mich mit Rainbow.

Das war das Zeichen der ewigen Rainbow-Kriegerin.

Denkt immer daran: Das, was unerreichbar zu sein scheint, ist immer in deiner Nähe, wo immer du dich befindest ...

Die Kriegerin fühlt es mehr als jene, die männlichen Wesens sind.

Sie fühlt ihre Stärke intensiver als er,
der immer fragte: *„Kennst du den Schrei des Kriegers?"*
Sie antwortete ihm: *„Ja, ich weiß wie er sich anhört."*

Er, der Krieger, glaubte es ihr nie.
Sie sagte: *„Komm bei Sonnenaufgang an den Platz*
unserer heiligen Zeremonie und prüfe mich."

Ich hatte immer die Zeit, um nachzudenken und herauszufinden,
wie stark ich zum inneren Krieger stand.
Der Weg zu ihm war schwierig
und nicht vergleichbar mit dem einer Frau,
deren Kraft wesentlich schwächer ist.

Der Krieger prüfte mich
mit allen männlichen Gedanken, Kräften und Sinnen.

Er sah nach dieser Zeit, wer ich wirklich war.

Denn ich zeigte ihm unbändige Ausdauer,
die Kraft und das Wissen unserer Ahnen,
die Stille und Weisheit eines großen Kriegers.

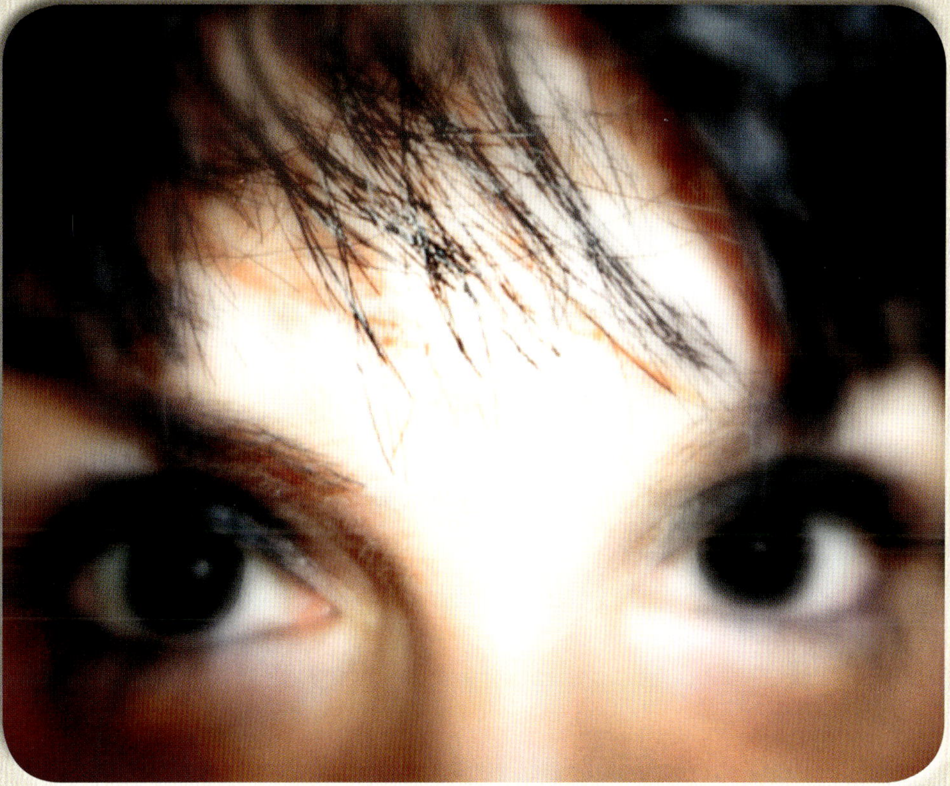

So langsam neigte sich die Sonne zum Abend. Sie sank immer tiefer und tiefer. Ich saß an unserem See und beobachtete das Ganze. Wartete förmlich darauf, dass der rote Ball den Horizont des Sees berührte. In dem Augenblick, als sie ihn traf, vermeinte ich ein Zischen zu hören. Die Luft war angenehm warm und roch nach Kiefern und Moos: Ein wunderschöner Sommer! Ich dachte an meine Großmutter! Wie sie war und wie sie mir als Kind so viele Dinge über unser Volk erzählte. Ich machte die Augen zu und sah sie in einer Vision. Sie war wie ein Engel, der mich auffing, wenn es mir nicht gut ging. Sie sorgte dafür, dass ich den Glauben an mich nie verliere.

Sie erklärte mir die vier Werte der Lakota*:

Großzügigkeit

Es ist immer gut, viel zu geben und es ist eine sehr große Beleidigung zu sagen: „Du bist geizig". Sogar eine der schlimmsten Beleidigungen, die man uns machen kann.

Tapferkeit

Sei mutig, um deinen eigenen schlimmen Gedanken entgegen zu treten und nicht vor deiner Angst und deinen Problemen wegzurennen, sondern eine Lösung zu finden.

Respekt

Habe immer Respekt vor jedem Menschen und allen Dingen auf unserer Mutter Erde, denn sie sind verwandt. Habe Ehrfurcht vor jedem Leben und bete und handle in Frieden mit deiner inneren Seele.

* Lakota = Indianerstamm

Weisheit

Dreaminstar Eagle, der richtige Weg eine Person zu erkennen ist, in ihr Inneres zu blicken. Sei weise und handle so, dass du weißt, was es bedeutet, dass man Menschen nicht ohne die Macht des Großen Geistes kennen kann.

Sei immer bescheiden und helfe denen, die Hilfe brauchen; denn das ist die weiseste Kraft, die ein Mensch besitzen kann. Mein Kind, du wirst erwachsen und ich bin so froh, dass aus dir mein Herz entspringt …

Meine Gedanken:

Blumen, die sich wiegen im Wind.

Musik im Rauschen der Trommeln.

Gesänge, Stimmen vergessen in dieser Zeit.

Hände, die sich heben, bitten um Hilfe

und greifen ins Leere.

Wege der Traurigkeit,

Takte verstummen.

Wellende Wogen der Trommeln.

Stampfende Füße im Land der vergessenen Erben …

Meine Augen sehen die wilde Schönheit des Adlers

Tiere habe ich schon immer geliebt,
besonders die Adler!

Ich glaube zu wissen, was in ihm vorgeht.
Immer wenn ich den Adler ansehe, weiß ich ganz genau,
ob er glücklich, traurig oder verärgert ist.
Es ist schon sehr erstaunlich:
Ganz tief in mir spüre ich, was sie fühlen.

Vielleicht liegt es daran,
dass ich mich mit ihnen verbunden fühle.
Die Adler sind wunderbare Geschöpfe, so wild und frei.
Ich träume manchmal davon.

Ich bin in den Wolken und sehe alles aus der Vogelperspektive:
Es ist einfach wunderschön,
die Welt von hier oben zu sehen!

Die Menschen beobachten zu können,
dass man nur träumen kann.
Das Gefühl, getragen zu werden
und über die Menschen zu gleiten.

Ich gebe mich dem einfach hin,
um dem Großen Geist nahe zu sein!

Es ist die Sehnsucht nach dem Schönen auf dieser Welt.
Zart umwehte mich der Wind
und die Sonne schien mir ins Gesicht.

Regentropfen perlen an mir herunter.
Es ist ganz ruhig hier oben.
Ganz still.

Das Herz schlägt sanft,
man kann es hören.
Man kann vergessen was betrübt.

Die Gedanken werden klar und rein.
Bitte zeige mir den Weg, für den ich geschaffen bin
und führe mich dorthin, wohin ich gehen soll …

All das macht mich frei von Zwängen.
Es ist aber alles nur ein Traum.
Nur ein kurzer Augenblick.

Ein Flügelschlag! Schon bin ich wach.

Dann legt sich wieder Einsamkeit auf meine Seele.

Träumer sind einsam –
In ihren Gedanken
und Visionen gefangen.

Auf ewig, in ihren Träumen zu leben.

Mein Sternenmädchen

Mein Sternenmädchen ist ein Adler:

Weißt du wie sie war?
Sie begleitete mich seit ihrer Geburt.

Meine Gedanken an sie werde ich nie vergessen.

Mein Sternenmädchen

Ihre Augen glänzten in einem Weiß,
das unvergleichbar schön war.

Ihre Freude, mich zu sehen,
übertraf alle Liebe dieser Welt.

Die Kriegerin in mir zurzeit verstummt,
in ihrem Handeln und Reden.

Ich war immer stark,
aber im Augenblick ihres Todes,
war ich klein und schwach.

Sie bäumte sich
im Todeskampf noch einmal auf.
Ein leiser Schrei,
ein letzter Atemzug,
und ihr Leben verhauchte,
wie der Wind über den Gräsern der Prärie …

Erschlafft war ihr kleiner Körper,
ihre Flügel: Für immer still.

Nach allem Kampfe fühlte ich,
dass sie nicht gehen wollte,
sie war so jung!

Der einzige Gedanke der großen Kriegerin war,
dass die Fesseln ihrer Krankheit sich gelöst hatten,
endlich muss ihr großes Herz nicht mehr leiden.

Der Kummer der Kriegerin
war sehr groß. An diesem Tag
ein Schmerz des Abschieds sie traf.

Ich betete:
„Oh Großer Geist,
nimm sie in deine Hände
und schenke ihr weiße Flügel,
auf dass sie für immer dort oben frei fliegt
und glücklich auf mich schauen kann."

Für immer und ewig wird sie in meinem Herzen sein.

Mein kleines Sternenmädchen.

Die Suche nach der Stille des Waldes …

Die Kriegerin sucht nach ihrem Kampfe
einen Ort, der ihr Stille gibt.
Sie bittet den Geist des Waldes, ihn betreten zu dürfen.

Sie fühlt sich energielos
und sucht die Kraft des Geistes in der Natur.

Sie schreitet durch die Wälder und
fühlt die Energie an diesem Ort. Sie ist dort.

Sie legt ihren Köcher auf den duftenden Waldboden
und setzt sich auf das kühlende Moos.
Ein Sonnenstrahl berührt ihre Haut,
erhobenen Hauptes betet sie zum Geist des Waldes.

Nach dem Gebet, fühlt sie sich dankbar und mit neuer Kraft gesegnet.
Die Natur schenkt ihr alles, was sie braucht.
Hier ist sie auch, um heilende Kräuter für ihr Volk zu finden.

Langsam senkt sich die Sonne nieder
und die Nacht ist nicht mehr weit.
Auf dem Rückweg sieht sie zum Himmel hoch
und sieht die Sterne,
sie leuchten ihr den Weg.

Geist des Waldes ich danke dir …

Ende der Zeit

Die Zeit ließ alles still stehen,
als wir noch alleine in unserem Land waren.

Bis heute wissen wir,
dass es für uns am Ende nur einen Weg gibt.

Wir gehen noch heute den roten Weg,
er wird für uns auch später sehr hilfreich sein.

Im zwanzigsten Jahrhundert sind Gesetze, Landesrechte
und unsere heiligen Plätze zurückzufordern,
denn wir sind das Volk,
das schon immer in diesem Land gelebt hat.

All das, was auf unserer Erde erschaffen wurde,
haben wir schon immer mit Respekt behandelt.
Es ist uns heilig!

Wir achten auf alles,
was auf der Mutter Erde vereint worden ist.
Auf die heilige Verbindung,
die uns mit der Kraft des Geistes
zusammen verschmelzen lässt.

Denn am Ende der Zeit sind wir es,
denen das Überleben
der Gemeinschaft garantiert ist …

Susanne Obst (Dreamingstar Eagle), geboren am 19. August 1962 in Wanne-Eickel, ist seit ihrer Kindheit dank ihrer indianischen Großmutter mit den Wurzeln ihres Volkes aufgewachsen.

Obwohl sie in Deutschland geboren wurde, ging sie den indianischen Weg seit ihrer Kindheit. Sie lernte indianisches Kunsthandwerk, Geschichte, Sprache und Tänze ihrer Vorfahren.